MW01504439

Die schönsten Leselöwen-Weihnachtsgeschichten

# Die schönsten Leselöwen Weihnachtsgeschichten

www.leseloewen.de

ISBN 978-3-7855-7568-0
1. Auflage 2012
© 2012 Loewe Verlag GmbH, Bindlach
Umschlagillustration: Julia Ginsbach
Reihenlogo: Cornelia Funke
Umschlaggestaltung: Christian Keller
Printed in Poland

www.loewe-verlag.de

# Inhalt

# König Balthasar singt

Max und Nico sind auf dem Weg zur Kirche. In einer Stunde beginnt dort das Krippenspiel, für das sie wochenlang geprobt haben. Max spielt König Melchior, Nico König Kaspar. Eine Menge Zuschauer werden erwartet.

„Bist du schon aufgeregt?", fragt Max.

„Geht so", sagt Nico. „Und du?"

Max zuckt mit den Schultern. „Bis jetzt nicht. Aber das kommt bestimmt noch."

„Hoffentlich kann Dominik inzwischen seinen Text", sagt Nico.

Dominik spielt König Balthasar. Er spielt ihn sehr gut. Aber an der Stelle *Du heil'ges Kind, ich grüße dich* ist er bis jetzt immer stecken geblieben.

„Wir beide können ja noch mal kurz mit ihm üben", meint Max. „Wahrscheinlich ist er schon da."

Sie rennen das letzte Stück. Alle, die sonst noch im Krippenspiel mitmachen, sind bereits in der Kirche. Auf dem Platz vor dem Eingang dribbelt ein Junge seinen Fußball über das Kopfstein-pflaster. Sonst ist niemand zu sehen.

„Hallo, Boris!", rufen Max und Nico im Vorbeirennen. Boris geht in ihre Klasse, in die 3b der Gutenberg-Schule, allerdings noch nicht lange. Er kommt aus Russland und spricht erst ein paar Wörter Deutsch.

„Hallo", antwortet er leise. Aber da sind Max und Nico schon so gut wie vorbei.

In der Kirche herrscht große Aufregung.
„Dominik ist krank!", ruft Pastor Mielke
den beiden Jungen entgegen. „Er hat
Mumps und kann nicht auftreten!"

Max und Nico sind genauso entsetzt
wie die anderen. Vielleicht noch ein
bisschen mehr. Dominik spielt schließlich
den dritten König! Ohne Balthasar geht
es nicht!

„Es muss ohne ihn gehen!", sagt Pastor
Mielke. „In unserem Stück gibt es jetzt
eben nur zwei Heilige Könige."

„Kann nicht ein anderer die Rolle
spielen?", schlägt Nico vor.

„Gute Idee!" Max nickt. „Wir fragen
Boris."

Ehe Pfarrer Mielke etwas einwenden kann, laufen beide hinaus. Vor der Kirche spielt Boris immer noch ganz allein Fußball.

„Komm mal mit!", sagt Max.

„Wir brauchen dich!", sagt Nico.

Boris schaut sie verständnislos an. Stumm lässt er sich durch die Kirchentür schieben. Pfarrer Mielke ist sichtlich erfreut. Er drückt ihm ein Blatt Papier in die Hand und erklärt: „Das ist dein Text. Du kannst ihn einfach ablesen. Zum Lernen ist keine Zeit mehr."

Boris schüttelt den Kopf. „Ich nicht verstehe!", sagt er. Doch das hört der Pfarrer nicht mehr.

Max und Nico ziehen Boris in eine
Ecke. „Es sind bloß acht Zeilen", tröstet
Max. „Die üben wir jetzt." Er fährt mit
dem Finger die Zeilen entlang und liest
vor:
    „Du heil'ges Kind, ich grüße dich!
    Und bist du auch noch klein,
    so sollst du doch von heute an
    mein Herr und Heiland sein."
Wieder schüttelt Boris den Kopf und
sagt: „Ich nicht verstehe!"
Nun liest Nico vor:
    „Ich bin dein Diener und dein Knecht,
    bin nicht mehr, was ich war.

In Demut beuge ich mein Knie –
ich, König Balthasar."

Zum dritten Mal schüttelt Boris den
Kopf. „Ich nicht verstehe!"

Max und Nico sehen sich ratlos an.
Wie soll das nur klappen? Schon
kommen die ersten Zuschauer.

Plötzlich hebt Boris ganz unerwartet
die Hand und zeigt nach vorn zum Altar,
wo Maria und Josef mit dem Jesuskind
schon im Stall von Bethlehem sitzen.
„Das da verstehn", sagt er und lacht.

Auf einmal geht alles sehr schnell.
Pfarrer Mielke winkt und die Kinder
laufen in den Raum, wo die Kostüme

liegen. Boris läuft mit. Bereitwillig lässt
er sich den lila Mantel umlegen und
die goldene Krone aufsetzen. Das Blatt
Papier mit dem Text knüllt er zusammen.

  Die Vorstellung beginnt. Alle Schau-
spieler sprechen ihren Text laut und mit
schöner Betonung. Keiner bleibt stecken.
Jeder tut das, was er tun soll. Jetzt fehlen
nur noch die Heiligen Drei Könige. Da
kommen sie schon! Alle sehen ganz
wunderbar aus.

  König Kaspar berichtet, dass sie dem
großen Stern gefolgt sind. König Melchior
zählt die Geschenke auf, die sie dem

Kind in die Krippe legen. Jetzt ist
König Balthasar an der Reihe. Was
wird er sagen? Wird er überhaupt etwas
sagen?

Es entsteht eine lange Pause. Max und
Nico halten den Atem an. Boris senkt den
Kopf und blickt stumm auf das Kind in der
Krippe. Nach kurzem Zögern tritt er einen
Schritt näher und kniet nieder. Das sieht
gut aus. Aber es reicht nicht!

Im Publikum wird es unruhig. Boris hebt
den Kopf und schaut sich nachdenklich
um. Er öffnet den Mund und atmet tief
durch. Und dann beginnt er zu singen.
Niemand kennt das Lied, das er singt.

Keiner versteht seine Sprache. Trotzdem klingt es sehr schön – klar und rein, fröhlich und selbstbewusst –, durchaus so, wie man es von einem weit gereisten König erwartet.

Max und Nico tauschen erleichterte Blicke. Sie ahnen, dass Boris ein russisches Weihnachtslied singt.

„Ich nicht verstehe!", flüstert Max.

„Ist ganz egal!", flüstert Nico zurück.

Dann sind sie still und hören wie alle andächtig zu.

# Warum das Christkind später kommt

Normalerweise kommt das Christkind bei uns immer um ungefähr 17 Uhr am Heiligabend. Dann nämlich, wenn es draußen richtig dunkel ist.

Aber heute ist es 17 Uhr und kein Christkind ist in Sicht. Das Weihnachtszimmer ist noch verschlossen und Mama hat uns allen gesagt, wir müssen noch wenigstens ein bis zwei Stunden warten. Und warum?

Ich bin der Einzige, der es weiß. Ich weiß es genau, denn ich habe heute Morgen den Plätzchenduft aus der Küche gerochen. Und das ist für Heiligabend sehr ungewöhnlich bei uns.

Ich habe ein richtig schlechtes Gewissen. Ich erzähle am besten ganz von vorn.

Die Geschichte beginnt am ersten Advent. Am ersten Advent fangen wir in

jedem Jahr an, Plätzchen zu backen
für Weihnachten. Jeden Nachmittag
duftet das ganze Haus nach Weihnachtsgebäck, nach Koriander, nach Zimt, nach
Kokos … Und am Ende dieser ersten
Adventswoche sind all unsere Keksdosen auf dem Küchenschrank bis oben
gefüllt. Das ist natürlich gefährlich, denn
Weihnachtsgebäck schmeckt viel zu gut!

Mama erlaubt uns sogar, dass wir in der Adventszeit, wenn wir Lust haben auf ein Plätzchen, mal an den Schrank gehen und uns ein Plätzchen holen.

„Aber eins", hat Mama gesagt. „Wirklich nur eins." Sie hat uns zugezwinkert und gesagt: „Das waren dann die kleinen Weihnachtsmäuse. Und eins und immer mal eins naschen Weihnachtsmäuse schon mal."

Und das genau ist der Knackpunkt.

Ich bin in der Adventszeit zu oft an den Küchenschrank gegangen, hab mir erst immer wirklich nur eins geholt, dann zwei, dann drei. Aber die Plätzchen waren sooooo lecker! Ich habe sie ganz langsam gegessen. Und hab noch eins stibitzt. Und noch eins … Als die Dose immer leerer wurde, habe ich oben eine Lage Plätzchen gelassen. Aber unten habe ich die Dose immer weiter und weiter mit geknülltem Zeitungspapier aufgefüllt …

Und ich weiß genau, was heute Morgen passiert ist.

Am Morgen des Heiligabends holt
Mama nämlich immer die Keksdosen
vom Schrank. Sie stellt sie vor sich auf
den Küchentisch, holt die Pappteller für
den Weihnachtstisch heraus und füllt
die Teller für den Abend. Das ist schön.
Manchmal darf ich ihr sogar helfen.

Aber in diesem Jahr war das ein
bisschen anders. Ich stand vor der
Küchentür und mochte nicht reingehen.
Ich habe nur gelauscht, was Mama

sagte. Als Mama nämlich hinter der Tür
die Dosen aufmachte, rief sie auf einmal
„Ah!" und „Oh!". Denn sie hatte entdeckt,
dass in den Dosen nur noch ganz oben
Plätzchen waren und darunter nur
geknülltes Zeitungspapier, eine
Lage nach der anderen.

Weil aber Heiligabend ist, hat Mama
heute Morgen nicht geschimpft. Sie hat
etwas ganz Einfaches gemacht: Sie hat
sich hingestellt und einen neuen Teig
gemacht, den Teig ausgerollt und neue
Plätzchen gebacken.

Deswegen der herrliche Duft am Heiligabend. Aber dadurch ist Mama mit dem

Kochen für Weihnachten nicht fertig geworden. Dadurch ist sie nicht fertig geworden mit dem Weihnachtszimmer. Dadurch ist sie nicht fertig geworden mit allem, allem, allem, was man an Heiligabend tun muss …

Und deswegen, deswegen müssen wir jetzt warten, bis das Christkindglöckchen aus dem Weihnachtszimmer klingelt. Und das kann noch dauern! Hoffentlich kommt es bald! Ich schaue auf die Uhr, es ist fast halb sieben. Und ich bin so aufgeregt. Hätte ich doch nur nichts stibitzt. Nie wieder tu ich das!

„Wann kommt denn das Christkind?", fragt meine kleine Schwester.

Mama schaut mich an und sagt: „Florian weiß das."

Ich werde ganz rot.

„Bald", sage ich ihr. Ich streichle ihr über den Kopf.

Da klingelt das Glöckchen. Endlich! Wir stürzen alle ins Weihnachtszimmer.

# Das Advent-Picknick

Linas Papa bekam ganz plötzlich eine neue Arbeit. Eine, die er sich schon immer gewünscht hatte. „Ich kann schon im Januar anfangen", sagte er beim Abendbrot und freute sich riesig.

Lina freute sich nicht so sehr, denn die neue Arbeit war in einer anderen Stadt. Deshalb mussten sie, Mama und Papa schon Anfang Dezember umziehen.

„Lina, dann bist du ja Weihnachten gar nicht mehr da", sagte ihre beste Freundin Nele ganz erschrocken. Lina schüttelte den Kopf und musste weinen. Nein, Weihnachten würden sie in einem neuen Haus in einer neuen Stadt feiern.

Am ersten Wochenende im Advent sollte der Umzug sein. Das Auto war voll beladen mit den wichtigsten Sachen: Luftmatratzen und Decken für die erste Nacht, Zahnbürsten, was zu essen und zu trinken und ein bisschen Geschirr.

Zuvor hatten Männer in blauen Anzügen die vielen Möbel und Kisten in einen großen Umzugswagen gepackt.

„Du wirst sehen, Lina! Wenn wir in unserem neuen Haus ankommen, sind schon alle deine Sachen da", sagte Mama. „Und dann bekommst du ein wunderschönes Prinzessinnenzimmer."

Als sie auf der Autobahn waren, fing es plötzlich an zu schneien. Der erste Schnee in diesem Jahr. Dicke weiße Flocken, die am Boden liegen blieben.

„Mistwetter!", schimpfte Papa und stellte den Scheibenwischer an. Aber Lina fand den Schnee wunderschön. Sie stellte sich vor, dass die tanzenden Flocken sie aufheitern wollten.

Am Abend kamen Lina, Mama und Papa endlich bei ihrem neuen Haus an. Der kleine Garten davor war ganz zugeschneit. Das sah richtig hübsch aus.

„Vielleicht ist es hier doch nicht so schlimm", dachte Lina.

„Schlimmer hätte es nicht kommen können", sagte Papa, als er die Tür aufsperrte. Es waren noch gar keine

Möbel da! Keine Kisten, keine Betten, keine Schränke. Kein Prinzessinnenzimmer. Nichts!

Papa rief mit seinem Handy den Fahrer vom Möbelwagen an und murmelte immer nur: „Aha, soso, hm, nun ja, da kann man wohl nichts machen."

„Was ist?", fragte Mama.

Papa seufzte. „Der Möbelwagen darf heute nicht mehr weiterfahren", erklärte er. „Wegen zu starkem Schneefall."

„Und das zum ersten Advent!" Mama setzte sich auf den Boden im leeren Flur und fing an zu weinen.

„Und wir haben noch nicht mal einen Adventskranz oder Kerzen", jammerte Lina.

Papa guckte erst ganz betreten, aber dann leuchteten seine Augen auf einmal und er lief schnell zum Auto. Er holte alles aus dem Kofferraum: die Luftmatratzen und Decken, den Korb mit dem Essen und Trinken und eine bunte

Schachtel. Die hatte Lina vorhin gar nicht bemerkt.

„Tadaaaa!", rief Papa und deutete stolz auf die Schachtel.

„Was ist da drin?", wollte Lina wissen.

„Das ist unsere Adventsschachtel", verkündete Papa mit einem Strahlen. „Die habe ich extra aus den Umzugskartons gefischt. Damit wir es uns gleich etwas gemütlich machen können."

Da schossen Mama wieder Tränen in die Augen. Aber dieses Mal waren es Lachtränen. Sie musste so sehr lachen, dass sie gar nichts mehr sagen konnte. „Weißt du, w…w…was das ist?", brachte sie endlich hervor.

„Ja, klar, das ist unsere Advents…
äh, unsere Osterschachtel", sagte Papa
und zog verwundert einen braunen
Plüschhasen hervor.

Jetzt mussten alle drei lachen und
Papa nahm Lina und Mama fest in den
Arm.

„Meine beiden Adventshäschen", sagte
er und gab beiden einen Kuss. „Ihr habt
vielleicht einen schusseligen Mann im
Haus."

„Den allerliebsten der Welt", sagte
Mama.

Dann breiteten sie und Lina im leeren
Wohnzimmer eine Picknickdecke aus.
Papa stellte vier bunte Ostereierkerzen
auf und zündete eine davon an. Es gab
die restlichen Brötchen und Limo und
Tee von der Fahrt. Papa sang sogar:

*„Wir sagen euch an den lieben Advent.*
*Sehet, das erste Osterei brennt!"*

Mama und Lina sangen weiter:

*„Wir sagen euch an eine lustige Zeit.*
*Unsere Möbel sind gar nicht mehr weit."*

Das war der verrückteste und schönste
erste Advent, den Lina bisher erlebt hatte.
   „Jetzt hab ich nur noch einen Wunsch",
murmelte sie zufrieden, als sie später
zwischen Mama und Papa auf ihrer Luft-
matratze lag.
   „Und der wäre?", wollte Papa wissen.
   „Dass wir an Ostern Weihnachtskugeln
suchen!"

# Christrosen für Maria

In der Heiligen Nacht, als das Jesuskind
geboren wurde, lag überall Schnee. Auch
in Betlehem. Städte und Dörfer, Felder
und Wälder, Wiesen und Wege waren
ganz zugeschneit. Die Häuser hatten
weiche weiße Mützen auf und die Gärten
versteckten sich unter weichen weißen
Tüchern. Der Stall, in dem das Jesuskind
auf Heu und auf Stroh in der Krippe lag,
war ebenfalls vor lauter Schnee kaum
zu erkennen.

Maria und Josef waren ganz zufrieden, dass es geschneit hatte. Der Schnee hielt die Hütte von außen gut warm. Und drinnen sorgten Ochse und Esel dafür, dass sie nicht frieren mussten.

Maria hatte das Kind auf ihren Armen in den Schlaf gewiegt und dann in die Krippe gelegt. Gleich darauf fielen ihr selbst die Augen zu. Sie legte sich auf eine Decke und schlummerte ein.

Josef deckte sie mit ihrem blauen Mantel zu. Er setzte sich auf den Boden und betrachtete Mutter und Sohn voller Glück.

Doch gleichzeitig war er ein bisschen
traurig. Er hätte Maria so gern zur Geburt
ihres Kindes einen schönen Blumenstrauß geschenkt. Aber wo sollte er
den mitten im Winter, zwischen tief
verschneiten Feldern und Wiesen,
hernehmen?

Nach einer Weile stand Josef auf,
trat hinaus vor den Stall und sah in die
sternklare Nacht. Sie war eisig kalt und
vollkommen still. Josef ging ein paar
Schritte und blieb dann stehen.

„Liebe Maria!", dachte er. „Liebe,
schöne, junge Mutter des Christkindes!

Wie gern würde ich dir ein paar Blumen neben dein armseliges Lager stellen! Gewiss würden deine Augen strahlen, wenn dein Blick beim Erwachen auf einen Blumenstrauß fiele."

Der gute Josef merkte gar nicht, dass ihm ein paar Tränen über die Wangen rollten und in den Schnee tropften. Erst als ihm die nächsten Tränen den Blick trübten, wischte er sie mit dem Handrücken fort. Nun konnte er wieder klar sehen.

Aufatmend blickte er hinauf zu dem Stern, der größer als alle anderen über dem Stall stand. Danach fühlte er sich ein wenig getröstet. Er senkte den Blick zu Boden und beugte sich vor. Was war das? Er traute seinen Augen kaum!

An der Stelle, wo seine Tränen in den Schnee gefallen waren, wuchsen auf einmal hell und zart die lieblichsten Blumen, die er sich vorstellen konnte.

Josef beugte sich tiefer und betrachtete die Blüten voller Staunen. „Christrosen!", flüsterte er.

Behutsam pflückte er eine nach der anderen ab. Darauf ging er leise in den Stall und holte einen Becher aus seiner Reisetasche. Den füllte er mit Schnee und stellte die Blumen hinein.

„Christrosen!", flüsterte er noch einmal. „Wie wird sich Maria darüber freuen!"

Drinnen im Stall rückte er den Blumenbecher zwischen Mutter und Kind in den sanften Schein der Laterne.

Ochse und Esel sahen ihm aufmerksam zu.

Als Maria die Christrosen beim Auf-wachen erblickte, strahlten ihre Augen so hell, wie es sich Josef gewünscht hatte.

# Tobys Geheimnis

Toby ist einer in Linas Klasse. Aber Toby will immer der Größte sein. Wenn Theo zum Beispiel sagt: „Mein Papa, der hat ein ganz, ganz großes Auto", dann sagt Toby hinterher: „Und mein Papa hat drei Autos und dazu noch ein Flugzeug."

Und als Lea erzählt, dass sie im neuen Haus sogar bald ein eigenes Zimmer bekommt, sagt Toby sofort: „Ich habe zwei eigene Zimmer, und zwar keine Babyzimmer wie du, Lea." Und Lea ist ganz traurig.

Lina kann das auch nicht gut haben.

„Alter Angeber", denkt sie immer, „so
ein blöder alter Angeber."

Eines Tages fehlt Toby in der Schule,
und die Lehrerin fragt, wer ihm denn die
Hausaufgaben bringen kann. Natürlich
wollen alle zu Toby, weil sie sehen
wollen, welche Zimmer er hat und was
für einen Superschlitten sein Vater fährt.
Und wegen all der anderen Sachen, von
denen Toby erzählt hat. Die Lehrerin lost
aus. Auf Lina fällt das Los.

Also geht Lina nachmittags zu Tobys Haus. Aber die Straße ist gar nicht so, wie Toby das beschrieben hat. Lina findet schließlich die Hausnummer. Aber auch das Haus ist überhaupt nicht so, wie Toby das beschrieben hat. Ganz abgeblättert ist die Farbe, ganz dunkel und auch schmutzig ist es.

Lina klingelt. Sie geht in einem Treppenhaus von Stockwerk zu Stockwerk. Lina hat sich das alles ganz anders vorgestellt. Und als sie schließlich oben ankommt, an der offenen Wohnungstür, kommt ihr Tobys Mutter entgegen. Die sieht überhaupt nicht aus, wie Toby sie beschrieben hat!

Da ist Lina ganz verwirrt.

„Warum macht Toby das?", fragt sie sich. Aber sie sagt kein Wort.

Und Toby guckt sie nur an, wird rot, murmelt etwas wie „so ist das eben" und nimmt sie dann mit in sein winzig kleines Zimmerchen.

Lina muss bald wieder gehen, auch
weil sie so durcheinander ist. Und weil
sie überhaupt nicht weiß, warum Toby so
ein alter Angeber ist. Der ist ja noch mehr
Angeber, als sie gedacht hat. Der gibt ja
sogar mit Sachen an, die er nicht hat.

Am nächsten Morgen in der Schule sagt die Lehrerin: „Wir wollen in diesem Jahr etwas ganz Besonderes machen. Wir schreiben uns in der Klasse gegenseitig Briefe als Christkindgeschenk. Und da uns Weihnachten etwas geschenkt wird – denn Weihnachten ist das Christkind gekommen –, möchte ich, dass ihr den anderen durch einen Christkindbrief etwas schenkt, das ihnen guttut."

„Und was?", fragt Leo von hinten. Typisch Leo.

„Christkindgeschenke, die man sonst nicht macht", sagt die Lehrerin. „Wir spielen einer für den anderen Christkind." Sie holt Luft und dann erklärt sie weiter: „Zum Beispiel kann einer dem anderen versprechen, dass er ihm Mathe erklärt als Christkindgeschenk."

„Oder ein anderer kann einem aus der Klasse einen kleinen Computerkurs schenken!", ruft Leo.

„Oder ihn nicht mehr ‚alte Zicke'

nennen", sagt Claudia. Damit meint sie
Oliver, der zu ihr immer „alte Zicke"
sagt.

Alle haben verstanden.

Aber Lina hört gar nicht mehr zu. Denn
sie hat eine super Idee. Sie will Toby
einen Christkindbrief schicken. Auch
wenn Toby noch nicht wieder da ist. Und
in dem Christkindbrief soll drinstehen:
„Lieber Toby, ich will mit dir spielen, auch
wenn ich jetzt ganz viel weiß … Trotzdem
mag ich dich. Und das möchte ich dir
als Christkindgeschenk zu Weihnachten
schenken: dass du eine Freundin hast,
der du alles erzählen kannst. Und das
alles verrate ich keinem."

Zu Hause erzählt sie ihrer Mama davon.

Die Mama weiß nicht so recht. Sie sagt: „Ich bin nicht ganz sicher, ob Toby das überhaupt will."

„Das werden wir ja sehen", sagt Lina.

Auf jeden Fall werden einen Tag vor Weihnachten die Christkindbriefe verteilt. Jeder hat sich einen Namen aussuchen dürfen, an den er einen Christkindbrief schreibt.

Und Lina hat halt Toby angegeben.
Toby bekommt ihren Brief. Er liest ihn
durch, dann schielt er hinüber zu Lina.
Er wird knallrot im Gesicht, dann schaut
er wieder auf den Brief. Er liest ihn noch
einmal durch. Linas Herz klopft bis zum
Hals. Wird Toby annehmen?

Dann schaut Toby auf, er hat ganz
ernste Augen. Auf einmal nickt er und
nickt und nickt immer wieder Lina zu.

Da freut sich Lina, springt zu Toby hinüber und sagt zu ihm: „Hast du Lust, heute Nachmittag zu mir zu kommen? Wir können spielen und dann können wir ja auch ganz viel reden. Okay, Toby?"

Und Toby freut sich: dass er jetzt so etwas hat wie eine neue Freundin, auf jeden Fall so ein ganz kleines bisschen.

Und das kam durch den Christkindbrief von Lina und dadurch, dass Lina bei ihm zu Hause gewesen ist und nichts verraten hat von seiner Angeberei.

# Ein duftes Geschenk

Eigentlich sitzt Fines ganze Familie an den Adventsabenden immer zusammen: Mama, Papa, Opa, Fine und Fines großer Bruder Tom. Sie trinken Tee und Punsch und essen selbst gebackene Plätzchen. Opa raucht zufrieden seine Pfeife und Papa schürt das Feuer im Kamin. Doch dieses Jahr ist alles anders. Das liegt daran, dass Tom fehlt. Er geht nämlich ein Jahr lang in Amerika zur Schule. In Texas. Dort gibt es Cowboys und Wüste und Kakteen, die so groß sind wie Bäume. Und es gibt einen Haufen Nichts, hat Tom am Telefon gesagt. Aber es gefällt ihm trotzdem. Er kann inzwischen schon sehr gut Englisch – das sprechen die Amerikaner. Tom hat gemeint, die Leute dort hören sich beim Reden immer so an, als würden sie Kaugummi kauen. Er hat es vorgemacht und Fine musste sehr lachen.

Tom und Fine haben früher oft
gestritten. Aber jetzt findet Fine es doof,
dass ihr Bruder nicht da ist. Jetzt, wo
bald Weihnachten ist.

„Die sind echt verrückt hier, Fine",
sagt Tom heute Abend am Telefon. Das
heißt, bei Fine zu Hause ist es Abend. In
Texas ist es noch Vormittag, wegen der
Zeitverschiebung.

„Warum sind die verrückt?", will Fine
wissen.

„Stell dir vor", erzählt Tom, „die meisten
Leute haben in ihrem Garten Kakteen. So
ganz große, lange. Du weißt schon, wie
die aus Westernfilmen."

„Und?", fragt Fine neugierig.

„Na ja, sie schmücken sie. Sie setzen ihnen rote Zipfelmützen auf und kleben ihnen Bärte und Augen aus Watte an. Dann sehen sie aus wie Weihnachtsmänner. Manche bekommen sogar eine Sonnenbrille verpasst."

Fine ist begeistert. Aber auf einmal wird sie ganz traurig. Sie will auch einen Kaktus-Weihnachtsmann im Garten. Und Sonne im Dezember. Und die Kaugummisprache lernen. Sie findet es gemein, dass Tom so weit weg ist und so viel Spaß hat.

Das sagt sie ihm auch.

„Ach Fine, jetzt maul mal nicht", sagt Tom. „Das hört sich vielleicht lustig an, aber ich habe trotzdem ganz schön Heimweh."

„Wieso?", brummt Fine. „Hier ist doch immer alles gleich."

„Ja, eben. Das ist ja das Schöne. Weißt du, was ich am meisten vermisse? Wie es im Advent zu Hause duftet."

„Wie es duftet?", fragt Fine erstaunt.

„Frisch gebackene Plätzchen, die Kerzen, die Tannenzweige, Mamas Weihnachtstee und Opas Vanilletabak", erklärt Tom. „Hier ist es auch viel zu warm für Advent. Hat es bei euch schon geschneit?"

„Klar, letzte Woche", erzählt Fine. „Ich hab schon einen riesigen Schneemann gebaut."

„Siehst du. Auf das alles willst du doch nicht verzichten, oder?"

Tom hat recht. Das will Fine nicht.

Ihr Bruder tut ihr plötzlich leid, weil er gar keinen richtigen Advent hat. Als Fine später Zähne putzt, hat sie eine super Idee.

   Gleich am nächsten Tag macht sie sich an die Arbeit. Im Badezimmer findet sie ein kleines Plastikfläschchen mit einem Rest Duschgel. Das spült sie aus. Dann zupft sie Tannennadeln von einem Zweig ab, mopst Opa etwas von seinem Vanilletabak, zerkrümelt ein Plätzchen und holt einen Löffel voll von Mamas

Weihnachtstee. Das alles wirft sie in
das Fläschchen und schüttelt es kräftig.
Sie ist sehr zufrieden, als sie daran
schnuppert. Sorgfältig wickelt sie die
Flasche in Geschenkpapier mit silbernen
und goldenen Sternchen. Fertig ist das
Adventsparfüm.

Als Mama für Tom ein Päckchen mit
Lebkuchen packt, gibt Fine ihr auch das
geheimnisvolle Geschenk.

„Das muss noch mit", sagt sie. Aber sie
verrät Mama nicht, was es ist.

Heiligabend kommt ein Päckchen aus Texas für Fine an. Darin liegt eine rote Mini-Zipfelmütze und ein Päckchen Watte. Auf einer Postkarte mit einem Cowboy drauf steht: „Hallo, Schwesterchen! Jetzt kannst du Papas Kaktus auf der Fensterbank schmücken. Danke für dein tolles Geschenk. Ich schnuppere jeden Abend daran. Es riecht einfach dufte!"

# Es ist so weit!

Maren wacht auf und weiß sofort: Heute ist Heiliger Abend! Draußen ist es noch dunkel. Und wenn es nach dem hellen Tag wieder dunkel wird, fängt Weihnachten richtig an. Erst dann brennen die Kerzen und erst dann liegen die Geschenke unterm Tannenbaum.

Bestimmt ist es noch ziemlich früh. Aus dem Bad und aus der Küche kommt nicht das kleinste Geräusch. Aber Maren kann jetzt nicht mehr einschlafen. Beim besten Willen nicht! Mal sehen, ob Mama und Papa schon wach sind. Sie steht auf und tappt ins Schlafzimmer hinüber.

„Fröhliche Weihnachten!", ruft Maren.

Papa grunzt nur einmal kurz und wälzt sich auf die andere Seite.

Mama tastet nach dem Radiowecker und murmelt: „Lieber Himmel, es ist erst halb sechs!"

Papa hebt seinen verstrubbelten Kopf aus dem Kissen. „Geh wieder ins Bett, Maren!"

„Du kannst noch zwei Stunden schlafen!", sagt Mama.

Seufzend tappt Maren zurück in ihr Bett. Aber schlafen kann sie auch jetzt nicht. Es geht ihr so viel durch den Kopf. Ob sie die Elefantenfamilie für ihren Spielzeugzoo wohl bekommen wird? Ob sie den Kerzenhalter, den sie für Papa gebastelt hat, nicht schöner ein-packen soll? Oder ob sie fürs Abendbrot vielleicht ganz allein einen Nachtisch machen darf?

Beim Frühstück gähnt Maren in ihr Müsli. Als sie mit Mama die letzten Einkäufe macht, fühlt sie sich ziemlich schlapp. Die Bohnensuppe am Mittag löffelt sie nur langsam in sich hinein.

„Du siehst müde aus", sagt Mama. „Vielleicht solltest du einen kleinen Mittagsschlaf machen."

Maren schüttelt den Kopf. „Ich bin doch kein Baby mehr! Ich sehe nur müde aus, weil die Zeit so langsam vergeht."

„Mir vergeht sie viel zu schnell", meint Mama. „Ich habe noch eine Menge zu tun."

Nach dem Essen verschwindet Maren in ihrem Zimmer und packt Papas Kerzenhalter neu ein. Sie malt noch ein Bild für Mama. Zum Schluss bastelt sie einen Stern aus Silberpapier. Danach legt sie den Kopf auf die Tischplatte. Sie schläft nicht! Nein, sie ruht sich nur aus.

Irgendwann setzen sich Mama und Papa zu einer Tasse Tee in die Küche.

„Komm doch auch, Maren!", ruft Mama ins Kinderzimmer. „Jeder darf drei Zimtsterne essen. Aber nicht mehr! Sonst schmeckt uns das Abendbrot nicht."

„Jaja", murmelt Maren. Ihr Kopf
liegt immer noch schwer auf der Tischplatte. Er will überhaupt nicht mehr
hoch.

Gleich darauf klopft es an ihrer Tür.
Und Papa flüstert bedeutungsvoll: „Es
ist so weit, Maren! Die Kerzen brennen
schon. Du kannst jetzt kommen."

Maren fährt in die Höhe. – Es ist so
weit? Wirklich? Sie stürzt an Papa
vorbei ins Wohnzimmer. Goldenes Licht
strahlt ihr entgegen. Aaah! Da ist der
Weihnachtsbaum: groß und herrlich
geschmückt!

Darunter liegen die Geschenke,
schön verpackt mit glänzenden
Schleifen.

Mama sitzt auf dem Sofa und schaut
Maren lächelnd an. „Pack aus, mein
Schatz!", sagt sie.

Papa nickt. „Nur zu! Du hast lange
genug gewartet."

Maren staunt. Sie ist ziemlich verwirrt.
Wird diesmal gar nicht gesungen? Soll
sie tatsächlich gleich auspacken? Na
ja, wenn Mama und Papa meinen – da

nimmt sie doch gleich das erste Paket
in Angriff …

Schleife ab, Papier weg, Deckel hoch!
Maren stockt der Atem vor Schreck. Das
Paket ist leer!

Mama lacht. „Na, so eine Überraschung!"

Papa ruft: „Schnell, mach das nächste
auf!"

Also dann: Schleife ab, Papier weg,
Deckel hoch! – Auch das zweite Paket ist
leer.

„Weiter! Weiter!", rufen Mama und Papa.

Maren fühlt einen Kloß im Hals. Sie kann sich schon denken, was kommt. Na klar, das dritte Paket ist ebenfalls leer.

„Fröhliche Weihnachten!", rufen Papa und Mama.

Maren bringt kein Wort über die Lippen.

„Es ist so weit!", sagt Papas Stimme jetzt dicht an ihrem Ohr. Und nun hört sie auch Mamas Stimme: „Du meine Güte! Sie schläft wie ein Murmeltier."

Maren hebt den Kopf. Dabei schaut sie ihren Eltern direkt in die Augen.

„Die Kerzen brennen schon", sagt Papa. „Höchste Zeit, dass du kommst!"

Mama lacht. „Du hast fast zwei Stunden geschlafen."

„Und geträumt", murmelt Maren. „Es war ein schrecklicher Traum."

Zu dritt gehen sie ins Wohnzimmer. Da leuchten die Kerzen. Da strahlt der Tannenbaum. Da liegen die bunt verpackten, schleifenverzierten Pakete. Und Maren weiß: Keins von ihnen ist leer!

# Wie sieht das Christkind aus?

Frau Steinfels sagt zu der Klasse: „Heute malen wir das Christkind."

„Böööh, langweilig!", rufen von hinten drei: Leo, Uta und Falk. Sie finden Christkindmalen doof. Aber vorn sitzen welche, die nehmen sofort ihre Zeichenblöcke und fangen an.

Leo hinten hat keine Lust. „Ich male das Christkind als Rockerbraut", sagt er. Er schielt dabei zu Frau Steinfels. Ob sie was sagt? Aber sie lässt ihn. Er trollt sich zu seinem Zeichenblock und fängt an. Leo malt seinem Christkind lange schwarze Lederhosen, eine schwarze Jacke, einen schweren Motorradhelm und eine gepiercte Lippe.

„Oh Mann", murmelt Falk, als er das sieht.

„Und ich mal das Christkind als Punk", sagt Urs, „richtig mit Hahnenkamm und kahl geschoren an den Seiten." Und er malt seinem Christkind einen grünen Hahnenkamm mit roten Spitzen, ein knallbuntes T-Shirt und eine weiße weite Hose.

„Oh Mann", murmelt Falk schon wieder. Jetzt holt er sich selbst Pinsel und Farbe.

„Und ich mal es mit einem Motorrad", sagt Götz, „mit einer echten Harley-Davidson, denn Weihnachten muss ja alles schnell gehen."

„Bei mir kriegt das Christkind einen superschnellen Porsche mit Gepäck-wagen dahinter!", ruft Falk.

„Porsche mit Gepäckwagen, dass ich nicht lache", sagt Uta.

„'ne Harley-Davidson ist jedenfalls schneller", meint Götz.

„Ein Christkind muss doch fliegen", sagt Claudia, „das fliegt doch vom Himmel." Und sie malt ihrem weißen Christkind riesige goldene Flügel.

Jetzt malen alle. Macht Spaß!
Frau Steinfels geht durch die Klasse,
sie lacht manchmal. „Damit machen wir
am Elternnachmittag eine Ausstellung!",
ruft sie.

„Au ja", sagt Falk, „das wird lustig!"

Heute ist es so weit.

Heute wollen sie den Eltern ihre Bilder zeigen.

Alle sind gekommen.

„Mensch, sieht das schön aus!", ruft Götz.

Alle Christkinder hängen nebeneinander: das im langen weißen Gewand mit der Goldkrone, das auf dem Schlitten, die Rockerbraut und das Punk-Christkind und auch das Christkind auf dem Motorrad. Sie lachen, sie haben Spaß.

Plötzlich fragt Linas kleine Schwester
von hinten: „Gibt es das Christkind denn
wirklich?"

Sie guckt dabei Frau Steinfels an.
Jetzt gucken alle zu Frau Steinfels.

Frau Steinfels lächelt ein bisschen
verschmitzt und dann sagt sie: „Ich
glaube, dass es das Christkind so gibt,
wie es Träume gibt in uns und Fantasie.
So wie es Gedichte gibt und Märchen,
so wahr ist auch das Christkind."

„Echt?", fragt Linas kleine Schwester,
und sie macht große, kugelrunde Augen.

# Kling, Glöckchen, kling!

Tim liegt seit gestern im Krankenhaus.
Er ist am frühen Abend hineingekommen
und bald darauf operiert worden. Vorher
hat er zwei Tage lang schreckliche
Bauchschmerzen gehabt. Und der
nette Doktor Weber, der ihn nun schon
fast neun Jahre kennt, hat mit betrübter
Miene eine Blinddarmentzündung fest-
gestellt.

   „Da bleibt nichts als das Krankenhaus",
hat er gesagt. „Der Blinddarm muss
raus!"

Mama hat sich sehr aufgeregt, obwohl sie es sich nicht anmerken lassen wollte. Papa ist sofort aus dem Büro nach Hause gekommen. Und Tim hat geheult, als sie alle zusammen ins Krankenhaus gefahren sind.

Jetzt ist der Blinddarm weg und die Entzündung mit ihm. Kein Mensch braucht einen Blinddarm, hat der fremde Arzt erklärt. Und einen entzündeten braucht man schon gar nicht. Tim fühlt sich noch ziemlich schwach und ein bisschen schlecht ist ihm auch.

Aber das kommt nur von der Narkose,
hat die nette Schwester Karin gemeint.
Und sie hat versprochen, dass es
Tim heute Abend besser gehen
wird.

Tim seufzt. Heute Abend ist Heiliger
Abend! Wie soll es einem da besser
gehen, wenn man im Krankenhaus liegt?
Seine Eltern und seine kleine Schwester
Lea werden mit Oma und Opa vor dem
Christbaum sitzen und ins Kerzenlicht
schauen. Sicher werden sie an ihn
denken. Sicher werden sie ihm seine
Geschenke aufheben. Aber sie werden
eben doch ohne ihn feiern. Sie werden

gemeinsam singen, ihre Geschenke auspacken und dann zusammen Abendbrot
essen.

„Geflügelsalat!", denkt Tim. „Und Käse-
toast!" Und diese kleinen Würstchen, die
er so besonders gern mag. Eigentlich hat
Tim gar keinen Appetit. Trotzdem wird er
den Gedanken an Geflügelsalat, Käse-
toast und Würstchen nicht los. Er stellt
sich den festlich gedeckten Tisch vor und
sieht die ganze Familie darum herum-
sitzen. Nur sein Stuhl ist leer …

In diesem Moment geht die Tür auf und
Schwester Karin streckt ihren Kopf ins
Zimmer.

„Geht's dir besser?", fragt sie. „Hast du Langeweile? Willst du etwas lesen? Weißt du, ob du heute noch Besuch bekommst?"

Tim schüttelt den Kopf. Er will jetzt nicht lesen. Und er glaubt nicht, dass er Besuch bekommt. Mama und Papa waren heute Morgen schon da und haben lange an seinem Bett gesessen. Sie mochten ihn gar nicht allein lassen. Das war ihnen anzumerken. Aber natürlich hatten sie noch eine Menge zu tun.

„Ich schlaf noch ein bisschen", sagt
Tim. Er macht die Augen zu und fühlt,
wie Schwester Karin ihm die Decke
über die Schultern zieht.

Als sie fort ist, kuschelt er sich tiefer
in das fremde Kissen. Er schaut zum
Bett am Fenster. Der Junge, der gestern
Abend da gelegen hat, darf Weihnachten
zu Hause verbringen. Der hat es gut!
Tim seufzt noch einmal. Dann schläft
er ein.

Als er aufwacht, dämmert es schon.
Er guckt durchs Fenster in den dunklen
Himmel und denkt an letztes Jahr.

Da hat er um diese Zeit mit Lea in
seinem Zimmer gesessen und der
Bescherung entgegengefiebert.
Sie haben beide ins Wohnzimmer
hinübergehorcht und auf den Klang
des Glöckchens gewartet. Wenn
das Glöckchen läutet, dürfen sie ins
Weihnachtszimmer kommen.
    Tim steigen Tränen in die Augen.
Das Glöckchen gehört zum Schönsten
an Weihnachten, weil es das lange
Warten beendet. Sein Klang ist mit
nichts auf der Welt zu vergleichen.
    Tim macht die Augen zu.

Er glaubt das Glöckchen zu hören.
Klingelingeling! Näher und näher.
Ein Luftzug streift seine Wange. Ein
heller Schein dringt zwischen seine
geschlossenen Lider.

Tim blinzelt. Dann reißt er die Augen
auf. Neben seinem Bett sieht er Lea,
dahinter Mama und Papa. An der Tür
stehen Oma und Opa. Lea läutet das
Glöckchen. Papa trägt einen goldenen
Leuchter mit brennenden Kerzen, Mama
ein großes Paket. Oma und Opa haben
auch etwas mitgebracht.

„Das Glöckchen ...", murmelt Tim. „Ich habe das Glöckchen gehört!"

„Na klar hast du das Glöckchen gehört!", ruft Lea. „Zuerst läutet das Glöckchen – und dann kommt die Bescherung. Das weißt du doch!"

# Der Weihnachtsmarkt

Tina und Linus rannten die Treppen hoch.
*Ring, ring-ring*! Stürmisch klingelten sie an
der Wohnungstür. Es dauerte ein bisschen,
bis Oma Tantchen aufmachte. Sie stützte
sich wie immer auf ihren Gehstock. Als sie
die Kinder sah, strahlte sie.

„Wie schön, ihr kommt gerade richtig.
Ich hab Kakao gekocht und gestern hat
mir Sabine Plätzchen gebracht. Aber, ihr
seid ja halb erfroren und ganz außer Atem.
Kommt mal schnell in die warme Küche."

Tina und Linus besuchten Oma Tantchen
gerne. Sie wohnte in der Wohnung über
ihnen und bei ihr war es immer gemütlich.

Zur Adventszeit hatte Sabine für Oma

Tantchen Strohsterne an die Scheiben gehängt. Auf den Fensterbänken lagen Tannenzapfen, Mandarinen und Nüsse.

Sabine war Oma Tantchens Nichte. Deshalb nannte sie Oma Tantchen immer Tantchen. Und weil Oma Tantchen keine Enkel hatte und Tina und Linus keine Oma hatten, durften sie Oma zu ihr sagen. Insgesamt war sie also Oma Tantchen. Eigentlich ganz einfach.

„Wir waren heute mit der Schule auf dem Weihnachtsmarkt", sprudelte Linus los. „Das war vielleicht super!"

„Ja, es gab ganz viele Stände mit Weihnachtszeug", erzählte Tina weiter. „Das hätte dir auch gefallen, Oma Tantchen. Überall hat es geglitzert und es hat nach Bratwurst und gebrannten Mandeln gerochen und …"

„Und wir durften Karussell fahren", unterbrach Linus seine Schwester. „Ich bin Rennauto gefahren."

„Und ich bin auf dem weißen Einhorn

geritten", sagte Tina. „Wie eine Elfe. Außerdem hat ein Chor Weihnachts-lieder gesungen und dann hat es sogar geschneit. Aber was hast du denn, Oma Tantchen?"

Oma Tantchens Augen wurden plötzlich ganz feucht.

„Bist du traurig?", wollte Linus wissen.

„Ach nein", sagte Oma Tantchen. „Ich erinnere mich nur an die Adventstage, als mein Herbert noch gelebt hat."

Oma Tantchens Mann war schon vor vielen Jahren gestorben. Linus und Tina kannten ihn nur von einem Foto. Auf dem waren Oma Tantchen und er ganz jung.

„Warst du mit ihm auch mal auf dem Weihnachtsmarkt?", fragte Tina.

Oma Tantchen nickte. „Aber ja, wir haben uns dort sogar kennengelernt. Am 19. Dezember vor 53 Jahren. Jedes Jahr sind wir an diesem Tag auf den Weihnachtsmarkt gegangen. Wir haben Punsch getrunken, Lebkuchen gegessen, dem Chor gelauscht und uns daran erinnert, wie wir uns zum ersten Mal getroffen haben. Und immer haben wir eine Kleinigkeit für den Weihnachtsbaum gekauft. Eine Kugel, einen Strohstern oder ein kleines Figürchen."

Oma Tantchen stand auf und humpelte zu einem Schrank. Aus dem holte sie eine alte Holzkiste. Als Linus und Tina hinein- guckten, glitzerte und funkelte es ihnen nur so entgegen.

Lauter Weihnachtsschmuck in allen Farben und Formen.

„Ach, wenn ich nur etwas jünger wäre! Dann würde ich auch mal wieder auf den Weihnachtsmarkt gehen. Aber das machen meine Beine nicht mehr mit."

Als Tina und Linus am Abend in ihrem Stockbett lagen, kam ihnen eine Idee. Sie flüsterten noch lange miteinander und in den nächsten Tagen verschwanden sie nach der Schule immer sofort in ihrem Zimmer.

„Was ist denn da los? Es ist ja so ruhig

hier", sagte Papa jedes Mal, wenn er von der Arbeit kam. Denn man sah und hörte fast nichts von Tina und Linus. Bis auf den Abend vom 18. Dezember. Da tönte es etwas schräg „Leise rieselt der Schnee" aus dem Zimmer. Tina übte Flöte.

Am nächsten Tag klingelten Tina und Linus wieder Sturm bei Oma Tantchen.

„Linus, Tina, wie schön", freute sich Oma Tantchen. „Ja, aber, was habt ihr denn da alles dabei?"

„Du musst dich mal kurz in die Küche setzen und darfst nicht gucken", sagte Linus.

„Wir haben eine Überraschung für dich."

Oma Tantchen machte ein ganz verwirrtes Gesicht, als Tina sie in die Küche schob und sie auf einen Stuhl drückte. Aber als sie endlich ins Wohnzimmer durfte, leuchteten ihre Augen.

„Ihr beiden!", rief sie. „Ja ist denn das die Möglichkeit?"

# Weihnachtsmarkt für Oma Tantchen

stand in großen goldenen Buchstaben
auf einem Plakat neben dem Fenster.
Tatsächlich hatten Linus und Tina das
Wohnzimmer in einen richtigen Weihnachtsmarkt verwandelt.

Auf dem Tisch standen drei Tassen,
eine Kanne mit duftendem Weihnachtstee
und ein Teller mit Lebkuchen. Aus dem
kleinen Regal an der Wand war ein Stand
mit Weihnachtsschmuck geworden.

„Das haben wir alles selbst gebastelt",
sagte Linus und zeigte stolz auf die vielen
ausgeschnittenen Sterne, Glocken und
Engel aus Gold- und Silberpapier und
die weißen Schneemänner aus Watte.

„Da darfst du dir was Schönes für den
Weihnachtsbaum aussuchen", erklärte
Tina. Dann holte sie ihre Flöte hervor

und spielte auswendig „Leise rieselt der Schnee" und „Wir sagen euch an den lieben Advent". Fast ohne Fehler.

Oma Tantchen wusste erst gar nicht, was sie sagen sollte. Sie schüttelte nur immerzu den Kopf. Mit Tränen in den Augen ging sie schließlich zu Linus und Tina und drückte die beiden ganz fest.

„Ihr seid die zwei liebsten Kinder der Welt", flüsterte sie.

Dann tranken sie Tee, aßen Lebkuchen und Oma Tantchen erzählte, wie sie sich heute vor 53 Jahren in ihren Herbert verliebt hatte. Nämlich, als er aus

Versehen Punsch über ihren Schal verschüttet hatte. „Da hat er mir seinen geliehen", erinnerte sich Oma Tantchen. „Der hat zwar schrecklich gekratzt, aber das war mir egal. Herbert war nie richtig rasiert und hat auch immer gekratzt."

Am Ende suchte sich Oma Tantchen am Regalstand einen Goldstern mit Silbertupfern aus. Und weil schließlich alles ganz echt sein sollte, wollte sie ihn unbedingt bezahlen. Fünf Euro verdienten Tina und Linus für ihre Bastelarbeit.

„Super, damit gehen wir morgen zum Weihnachtsmarkt und fahren Karussell", jubelte Linus.

Als Tina und Linus an Heiligabend bei Oma Tantchen klingelten, um ihr frohe Weihnachten zu wünschen, entdeckten sie ihren Goldstern. Er steckte ganz oben auf der Spitze eines kleinen Weihnachts-baumes, der über und über voll war mit glitzernden Weihnachtskugeln und bunten Figürchen.

# Der Engel
# und der Hirtenjunge

Unter den vielen großen herrlichen Engeln, die den Hirten auf dem Feld in der Weihnachtsnacht die Frohe Botschaft brachten, befand sich auch ein ganz kleiner. Eigentlich war er noch viel zu klein für die weite Reise. Seine großen Brüder hatten ihn deshalb gar nicht mitnehmen wollen.

„Du hast noch nie in unserem Chor mitgesungen", hatten sie gesagt.

„Du spielst kein einziges Instrument. Und den Text der Frohen Botschaft bringst du immer durcheinander."

Der kleine Engel hatte oben im Himmel nicht zu widersprechen gewagt, aber aufgegeben hatte er nicht. Er wollte unbedingt mit nach Bethlehem. Und weil er ein ziemlich schlauer kleiner Engel war, gelang es ihm, sich beim Aufbruch seiner großen Brüder zwischen den weiten weißen Gewändern und im Rauschen der goldenen Flügel zu verstecken. So flog er mit auf die Erde.

Sobald er festen Boden unter den
Füßen hatte, hüpfte er vergnügt über
die Wiese, auf der er gelandet war.
Neugierig sah er sich um.

„Aha, das sind also die Schafe!", rief
er entzückt. „Das sind die Hirten! Und
das schiefe Häuschen dahinten ist
bestimmt der Stall! Da kann ich sicher
gleich hingehen und das Jesuskind
anschauen."

Seine großen Brüder waren nicht
sehr erfreut, als sie den kleinen Engel
entdeckten. Und dass er so neugierig war
und so viel plapperte, gefiel ihnen erst
recht nicht.

Der Erzengel Michael nahm ihn beiseite und legte den Finger auf die Lippen. „Schscht!", machte er. „Wenn du schon nicht singen und musizieren und die Frohe Botschaft verkünden kannst wie wir, dann sei wenigstens ruhig!"

Der kleine Engel gehorchte. Er setzte sich zwischen die Schafe und war mucks-mäuschenstill. Während die anderen auf ihren Instrumenten spielten und ihre wunderbaren Lieder sangen, gab er keinen Ton von sich. Und bei der Verkündigung der Frohen Botschaft bewegte er nur lautlos die Lippen.

Erst als die Hirten sich auf den Weg zur Krippe machten, wurde er wieder munter. Er wollte sofort hinter ihnen her und das Jesuskind sehen. Außerdem wollte er Maria und Josef die Hand geben. Und den Ochsen und den Esel streicheln.

Der Erzengel Michael erwischte ihn gerade noch rechtzeitig am Ärmel. „Nein, du bleibst hier!", sagte er streng. „Ich habe eine Aufgabe für dich."

Der jüngste der Hirten, ein neunjähriger Junge, war nämlich vom Musizieren der Engel und von der Verkündigung der Frohen Botschaft nicht aufgewacht. Er lag noch zwischen den Schafen und schlief.

„Bei ihm bleibst du sitzen!", bestimmte der Erzengel. „Er ist noch ein Kind und soll sich ausruhen. Wenn er aufwacht, erzählst du ihm, was geschehen ist, und führst ihn zum Stall."

Der kleine Engel war froh und stolz,
dass er nun eine richtige Aufgabe hatte.
„Ist gut!", sagte er. „Du kannst dich auf
mich verlassen. Und den Heimweg finde
ich auch." Während seine großen Brüder
in den Himmel zurückkehrten, setzte
er sich neben den Hirtenknaben und
wartete.

Er wartete lange Zeit. Der Morgen
graute schon, als der Junge endlich
die Augen aufschlug. Als er den kleinen
Engel an seiner Seite erblickte, war er
zwar ziemlich überrascht, aber kein
bisschen erschrocken.

„Wer bist du denn?", rief der Junge.
„Ein großer Schmetterling vielleicht?
Ist der Frühling schon da?"

„Ich bin kein Schmetterling", antwortete der kleine Engel. „Und wir haben erst Ende Dezember. Aber in der letzten Nacht wurde dein König und Heiland geboren. Er heißt Jesus und liegt dahinten im Stall zwischen Ochs und Esel in einer Krippe. Ich bin ein Engel und soll dich hinbringen."

Sofort sprang der Junge auf und reichte dem kleinen Engel die Hand. Zusammen machten sie sich auf den Weg. Einer war so fröhlich und neugierig wie der andere.

# Das goldene Päckchen

„Laura, komm jetzt endlich ins Bett!", ruft Mama. Sie ruft es schon seit 20 Minuten.

Aber Laura sitzt am Fenster und starrt hinaus. Es ist stockdunkel draußen.

„Laura, komm jetzt endlich ins Bett!", ruft Mama schon wieder. Schon zum zehnten Mal. Mindestens. Aber Laura rührt sich nicht. Sie sitzt dort und starrt in den Hof.

Leon macht sich lustig. „Die ist doch bescheuert", sagt er. „Was will die denn, die kleine Kröte?" Dabei ist Leon nur drei Jahre älter als Laura.

Franziska regt sich darüber auf. Franziska ist die Älteste. „Hab du nicht so eine große Klappe", sagt sie zu Leon. „Du warst nicht anders."

Sie dreht sich um zu Laura.

„Was ist denn, Laura?", fragt sie.

Laura zeigt mit dem Zeigefinger nach draußen in den Hof und sagt: „Da kommt es gleich, da kommt es gleich."

„Wer kommt da gleich?", fragt Franziska.

Doch da ruft Mama wieder: „Laura, komm endlich ins Bett!"

„Sofort, Mami!", ruft Franziska anstelle von Laura. Sie dreht sich zu Laura um. „Wer kommt denn da gleich?", fragt sie Laura. Sie streichelt ihr dabei über den Kopf.

Laura starrt nach draußen, konzentriert sich ganz darauf, macht ganz kleine Augen, Schlitzaugen. „Leise", sagt sie. Aber sonst antwortet sie nicht.

Franziska setzt sich daneben. Sie guckt, ob sie auch das sieht, was da gleich kommt. Sie sitzt und sitzt. Aber sie sieht nichts. Nur einen Brief und ein kleines goldenes Päckchen.

Mama hat ihnen bereits eine Geschichte vorgelesen. Leon schläft sogar schon. Sie setzt sich neben Franziska.

„Was ist denn mit Laura?"

Franziska dreht sich um zu Mama und sagt: „Das will ich ja gerade herausbekommen."

Mama steht wieder auf, geht in die
Küche und macht für Papa, für sich und
Franziska das Abendbrot. Später will sie
noch einen Kuchen backen.

Da reibt sich Laura die Augen, sie wird auch müde. Danach dreht sie sich um zu Franziska und sagt: „Ich hab doch heute meinen Wunschzettel an das Christkind geschrieben. Und da habe ich den Brief hinausgelegt." Sie zeigt nach draußen und seufzt. „Und dann hab ich – und das ist total geheim – dem Christkind auch ein Päckchen gepackt. Ein kleines goldenes. Das freut sich doch auch.

Irgendwann in der Nacht kommt das Christkind und holt sich den Brief und das Päckchen. So *sssiiit* kommt es dann runter auf die Erde, holt sich alles ganz schnell, damit es an einem Abend ganz viel einsammeln kann, weil es ja jetzt vor Weihnachten nicht viel Zeit hat. Und so *sssiiit* holt es alles, nimmt meinen Brief ganz schnell, bringt ihn nach oben. Und freut sich über das goldene Päckchen."

Laura lächelt. Doch dann fallen plötzlich ihre Augen zu und sie schläft auf dem Fußboden vorm Fenster ein.

Laura bekommt nicht mehr mit, ob das Christkind so *sssiiit* kommt. Und Leon auch nicht. Der schläft schon lange.

Franziska nimmt ihre kleine Schwester Laura auf den Arm und trägt sie in ihr Bett, zieht ihr vorsichtig alles aus und flüstert ihr ganz leise ins Ohr: „Liebe kleine Laura, gleich kommt *sssiiit* das Christkind und holt *sssiiit* alles, alles. An Weihnachten bringt es *sssiiit* deine Geschenke. Das verspreche ich dir."

Und dann legt sie Laura ins Bett, streichelt ihr über die Stirn und geht leise aus dem Zimmer.

# Der Adventsdackel

Ich heiße Basti, bin ein Dackel und
fünf Hundejahre alt. Ich wohne bei
Leo, der ist neun. Aber Menschenjahre.
Seine Schwester heißt Tina, sie ist fünf
Menschenjahre alt. Die beiden sind
hundeknochenstark. Sie spielen mit
mir und laufen im Garten mit mir um
die Wette. Wir toben, lachen und bellen
zusammen. Dann gibt es noch zwei
große Menschen. Leo und Tina nennen
sie Mama und Papa. Die sind eigentlich
auch ganz in Ordnung, obwohl sie
manchmal mit mir schimpfen.

Seit ein paar Tagen geht es mir zum
Schwanzwedeln gut.

Ich bekomme jetzt nämlich jeden Morgen etwas Besonderes geschenkt.

„Wir haben dir einen Adventskalender gemacht, Basti", hat Leo gesagt.

Ich weiß zwar nicht, was ein Adventskalender ist, aber es muss was mit Fressen zu tun haben. Denn das erste Mal habe ich eine leckere Wurst bekommen. Am nächsten Tag ein Hundebonbon. Dann eine Scheibe Braten. So geht das jetzt schon eine ganze Zeit lang. Ich finde das toll und bin gespannt, was es morgen Feines gibt. Ich kann es kaum erwarten. Aber nachdem ich heute einen vorzüglichen Knochen bekommen habe, hat Leo gesagt: „Morgen ist die Zehn dran, Basti." Ich glaube, eine Zehn habe ich noch nie gefressen. Ich bin gespannt, wie die schmeckt.

Als die Kinder schlafen, dackele ich noch ein bisschen durchs Haus. Ich will mal sehen, ob ich die großen Menschen irgendwo finde.

Tatsächlich höre ich sie in der Küche.
Die Mama sagt gerade: „Jetzt schreibe
ich nur noch eine Zehn aus Sahne in die
Mitte. Dann ist die Torte fertig. Das wird
eine schöne Überraschung für unseren
Kleinen."

Ich könnte jaulen vor Freude. Die
großen Menschen machen gerade meine
Zehn. Und sie soll nach Sahne und Torte
schmecken. Ich darf sonst nie so was
fressen. Außer die Kinder werfen mir
heimlich etwas zu. Glücklich schleiche
ich ganz leise in mein Körbchen zurück.

Diese Nacht träume ich von Knochen-
bergen und Wurstbäumen und großen,
süßen Zehn-Torten. Von meinem Magen-
knurren wache ich auf. Schnell laufe ich
in den Flur. Aber es ist ganz still. Alle
schlafen noch. Ich belle ganz laut, aber
ich bekomme keine Antwort. Also laufe
ich in Leos Zimmer. Ich springe aufs Bett
und schlecke sein Gesicht ab. Aber Leo
brummt nur und zieht sich die Decke über
den Kopf. Langsam reicht es mir.

Ich habe Hunger und will meine Zehn-
Torte! Ob ich sie mir einfach noch mal
heimlich anschaue? Ich laufe in die
Küche. Da steht sie auf dem Tisch:
meine Zehn-Torte. Ich hüpfe auf einen
Stuhl, um sie besser sehen zu können.
Ja, sie ist wirklich wunderschön. Und in
der Mitte ist eine lustige Zeichnung aus
Sahne. Ein Strich und ein Kringel. Und
wie das duftet! Ich schnüffele und dann
strecke ich nur mal ganz kurz meine
Zunge heraus. Oh, das ist das Beste
und Leckerste, was ich in meinem
Hundeleben probiert habe. Ich muss
mehr haben. Nur ein kleines bisschen.

Plötzlich geht die Küchentür auf.
Alle kommen herein und die Mama ruft:
„Herzlichen Glückwunsch zum Geburts-
tag, Leo!"
Ich belle zur Begrüßung und schlecke
mir die Sahne von der Schnauze. Dann ist
es ruhig. Sehr lange. Schließlich ruft die
Mama: „Basti, du schlimmer Hund! Die
schöne Torte!" Jetzt tut es mir leid, dass
ich die Zehn-Torte einfach so gefressen
habe. Sie sollte ja eine Überraschung für
mich sein. Ich merke, wie enttäuscht alle
sind. Besonders Leo sieht ganz traurig
aus. Da hüpfe ich schnell vom Tisch und
springe an ihm hoch.

„Du willst mir wohl auch gratulieren, was, Basti?", sagt Leo.

Na also, jetzt lacht er wieder. Und dann lacht Tina und dann der große Papa und zum Schluss auch die große Mama. Und komischerweise bekomme ich noch ein großes Stück Salami von Leo: „Hier, deine Zehn, du kleiner Räuber", sagt er. Noch eine Zehn? Das verstehe ich nicht. Ist mal wieder typisch Mensch. Aber diese Zehn schaffe ich nicht mehr. Ich bin nämlich papphundesatt!

# Gerettet

„Los, beeilt euch!", ruft Vater Allgaier und zieht schon seine Winterjacke an. „Ich will nicht wieder so einen mickrigen Christbaum wie letztes Jahr. Ich will diesmal rechtzeitig dort sein."

Lena und Florian kommen angesaust, schnappen ihre Jacken und setzen sich die Pudelmützen auf. „Wir sind fertig!"

Vater Allgaier marschiert mit Riesenschritten zum Auto. Die Kinder können ihm kaum folgen.

„Schon halb zehn vorbei", brummt er mürrisch, als sie endlich im Auto sitzen. Er gibt kräftig Gas. Als sie sich dem Christbaummarkt nähern, kommen ihnen die ersten Leute mit Bäumen entgegen.

„Da seht ihr's", schimpft Vater Allgaier. „Ich hab's ja geahnt, dass wir zu spät sind!"

Zum Glück findet er gleich einen Parkplatz.

„Nun aber los!", ruft er.

Lena und Florian springen aus dem Auto und laufen hinter ihrem Vater her. Der drängelt sich zwischen den Leuten durch und guckt sich schnell um. Viele Bäume liegen schon auf dem Boden, schmutzig und mit abgebrochenen Ästen.

„Die armen Bäume", sagt Lena. „Die will bestimmt niemand mehr haben. Was wird denn dann mit denen?"

„Das ist jetzt nicht meine Sorge." Vater Allgaier entdeckt in der hintersten Ecke des Hofes ein paar Bäume, die noch niemand zerwühlt hat. „Kommt mit!"

Da sieht er, wie auch eine Frau und ein Mann auf diese Bäume zugehen. Vater Allgaier fängt an, schneller zu laufen. Die Frau und der Mann ebenfalls. Vater Allgaier schnappt den ersten Tannenbaum und wirft ihn Florian entgegen. „Halt fest!"

Florian ist von dem fliegenden Baum so überrascht, dass er nicht reagieren kann. Der Baum schmeißt ihn fast um.

Schon fliegt der zweite Baum auf Lena zu. Die kann gerade noch zur Seite springen.

Vater Allgaier greift auch noch einen dritten Baum.

„Das ist meiner!", ruft die Frau. „Den habe ich zuerst gesehen." Und schon fasst auch sie nach dem Baum.

Vater Allgaier will ihn zu sich herholen.

Doch die Frau hält den Baum gut fest.

„Das ist meiner", sagt sie noch einmal und zieht mit ganzer Kraft.

Aber auch Vater Allgaier zerrt und zerrt.

„Nun seien Sie doch kein Unmensch", mischt sich der Mann ein, „und lassen Sie der Frau den Baum! Sie haben doch schon zwei Bäume."

„Das geht Sie überhaupt nichts an", sagt Vater Allgaier, lässt den Baum aber trotzdem los. Er drückt Lena einen anderen Baum in die Hand. „Halt mal fest, damit ich ihn mir ansehen kann."

Lena hält den Baum, ihr Vater geht langsam drum herum.

„Na ja, besonders schön ist er nicht."

Inzwischen versucht Florian, den Baum aufzustellen, der ihn fast umgeworfen hat.

„Warte, ich helfe dir", sagt Vater Allgaier. Dann prüft er auch diesen Baum genau. „Der hat ja gar keine Spitze und krumm gewachsen ist er auch. Also nein, so eine Hecke kommt mir nicht ins Haus."

„Ich find ihn schön", meint Florian.

„Schön?", fragt Vater Allgaier. „Den?" Er guckt Florian zweifelnd an. „Junge, Junge, du musst noch viel lernen."

„Ich find ihn trotzdem schön", wiederholt Florian.

Vater Allgaier hört es nicht mehr. Er prüft schon den nächsten Tannenbaum, dann noch einen und noch einen und noch einen. Aber mit keinem ist er zufrieden.

„So kriegen wir nie einen Baum", sagt Florian.

„Lieber keinen als so einen", antwortet Vater Allgaier.

„Ich will aber einen Baum." Florians Augen füllen sich mit Tränen. „Und bald sind alle weg."

„Papa!", ruft Lena da. „Ich hab einen!" Sie steht zwischen den Leuten und hält ihren Baum gut fest.

„Der ist schön gewachsen", sagt Vater Allgaier beim Näherkommen.

„Den nehmen wir!", ruft Florian.

„Aber der ist ja ganz dreckig." Vater Allgaier geht um den Baum herum. „Und ein Ast ist auch abgebrochen, nein, sogar zwei …"

„Aber er ist echt schön gewachsen", unterbricht Florian seinen Vater. „Das hast du selbst gesagt."

„Ja, schon …"

„Den Dreck kann man wegputzen", unterbricht ihn auch Lena. „Dann ist er der schönste Baum von allen."

„Mit zwei abgebrochenen Ästen."

„Er hat ja noch so viele ganze Äste", sagt Lena.

Florian unterstützt seine Schwester. „Und wenn er erst geschmückt ist …"

„Also, ich weiß nicht …"

„Bitte, bitte, Papa!"

„Tja, wenn ihr zwei euch so einig seid, dann müssen wir ihn wohl oder übel nehmen – bei der Auswahl hier."

„Spitze!", rufen beide.

Vater Allgaier trägt den Baum zur
Kasse.

„Was, den wollen Sie haben?", fragt
der Kassierer erstaunt.

„Ja, warum nicht?"

„Der ist … der ist doch ganz verdreckt.
Und da, die abgebrochenen Äste …"

„Was glauben Sie, wie der aussieht,
wenn er erst geputzt und geschmückt
ist!", sagt Vater Allgaier.

„Wenn Sie meinen."

„Ja, das meine ich." Er zwinkert Lena und Florian zu. „Und jetzt möchte ich den Baum bitte bezahlen."

„Bezahlen?" Der Kassierer schüttelt den Kopf. „Den bekommen Sie umsonst. Der wäre sowieso auf den Müll geflogen."

„Auf den Müll?" Lena ist entsetzt.

„Na, komm", sagt Vater Allgaier. „Wir haben ihn ja davor gerettet."

Florian nickt heftig. „Ja, gerettet", wiederholt er.

# Wenn ein Engel lächelt

„So, und nun noch ein Engel für Oma und einer für Tante Luise!", ruft Laura.

Weil es nur noch drei Tage bis Weihnachten sind, dürfen sie heute in der Schule Engel basteln. Frau Beinert, die Lehrerin, hat ganz viele schöne Bastelsachen mitgebracht. Laura holt sich noch ein paar Stoffreste und einen langen Streifen Goldpapier. Drei Engel hat sie schon fertig geklebt.

„Das ist ja die reinste Fließbandarbeit bei dir", sagt Frau Beinert. „Aber jeder Engel ist doch wieder anders und wunderschön geworden!"

Laura gibt sich große Mühe mit den Engelskleidern. Ganz sorgfältig klebt sie die Sterne auf. Mit den Filzstiften malt sie dann sehr sauber die Augen, die Nase und den Mund auf das Gesicht.

„Der Mund ist das Schwerste", denkt sie.

Manchmal sieht es aus, als ob der Engel weint. Dann wieder sieht er zornig aus. Und dieser Engel hier, der grinst fast ein wenig.

„Einen Engelsmund zu malen, das ist wirklich schwer. Wunderschön muss der aussehen und ganz sanft lächeln", denkt Laura.

„Ach, ich finde deine Engelsgesichter alle toll!", sagt Anna. Die sitzt neben ihr. „Komm, wir packen deine Engel ganz vorsichtig ein. Und dann machen wir einen Umweg durch die Fußgängerzone. Da ist schon alles so schön weihnachtlich geschmückt. Alles dort ist voller Lichter und Sterne!"

Die zwei machen sich auf den Weg.

„Guck dir bloß mal den kitschigen Engel aus Schokolade und Marzipan an!", ruft Anna. „So einen würde ich mir nie kaufen! Mein kleiner Bruder hat so einen im Nikolausschuh gehabt. Da hat er gleich die Flügel abgebissen."

„Engelsflügel würde ich nie essen",
sagt Laura energisch. „Engel sind so
etwas Schönes! Schau mal, der tolle
Engel drüben an der Kirche. Über dem
großen Tor. Was der für schöne Flügel
hat! Und der Mund und die Augen!"

Die beiden bleiben mitten im Gewühl
stehen und gucken zum großen
Kirchenportal hoch.

Auf einmal zupft Laura ihre Freundin
ganz aufgeregt am Ärmel und ruft: „Du,
der Engel hat mich angelächelt, wirklich!

Ich hab's genau gesehen! Und die
Flügel hat er ein bisschen bewegt dabei."

„Ich glaub, du spinnst", sagt Anna. „Ich
hab jedenfalls nichts gesehen."

„Doch, doch", sagt Laura bestimmt.
„Schade, nun ist's vorbei. Aber das war
wunderschön. So eine Engelssekunde
lang. Ich glaube, jetzt weiß ich, wie ich
den Engelsmund malen muss, richtig
so, dass er lächelt", sagt Laura ganz
glücklich.

# Der Weihnachtshund

Endlich ist Heiliger Abend!
Bis zur Bescherung dauert es noch ein
bisschen. Moritz sitzt mit Oma und Opa
in der Küche und spielt mit ihnen *Mensch-
ärgere-dich-nicht*. Dabei lauscht er ins
Wohnzimmer hinüber, wo Mama und
Papa dem Christkind zur Hand gehen.

„Du bist dran", sagt Opa. „Du musst
eine Sechs würfeln."

Moritz dreht den Würfel zwischen
den Fingern. „Gleich kriege ich den
Hund", murmelt er. „Ich kriege ihn
ganz bestimmt!"

„Den Hund?", fragt Opa. „Welchen
Hund denn?"

„Meinen Weihnachtshund", antwortet
Moritz. „Ich hab ihn mir doch gewünscht."

Oma runzelt die Stirn. „Ich hoffe nicht,
dass du einen Hund kriegst. Hunde
machen viel Arbeit. Sie hinterlassen
überall Haare und müssen bei jedem
Wetter raus."

Opa nickt. „Hunde sind nun mal kein
Spielzeug."

„Das weiß ich doch", sagt Moritz.
„Deswegen habe ich mir ja auch einen
gewünscht!"

Opa und Oma schütteln den Kopf.

Da läutet nebenan endlich das Glöckchen.

Gleich darauf steht Moritz vor dem Christbaum. Er atmet den Tannenduft und fühlt das Kerzenlicht bis in die Zehenspitzen. Unter dem Baum liegen seine Geschenke, sorgfältig zugedeckt mit einem weißen Bettlaken.

Liegt darunter auch der Hund? Still und geduldig in seinem Körbchen? Weich und warm und lebendig? Schlafend vielleicht? Oder blinzelnd?

Moritz sieht seine Eltern an. Die nicken sich zu und beginnen zu singen: „Stille Nacht, heilige Nacht …"

Opa räuspert sich und brummt mit.
Oma singt hoch und ziemlich falsch.

Moritz hat Bauchschmerzen vor lauter
Aufregung. Trotzdem stimmt er mit ein:
„Holder Knabe im lockigen Haar …"
Auch bei den nächsten Liedern erhebt er
keinen Einspruch. Mit einem Mal will er
die Überraschung so lange wie möglich
hinauszögern.

Nach *Tochter Zion* meint Opa jedoch:
„Jetzt reicht's!"

Da zieht Papa langsam das Bettlaken
weg – und Moritz sieht seine Geschenke.
Er sieht einen bunten Karton, zwei

Bücher, ein Skateboard, den Teller
mit Süßigkeiten, irgendetwas zum
Anziehen …

Lauter tote Sachen! Nichts, das
atmet, blinzelt oder in seinem Körbchen
schläft. Allerdings – ein Körbchen ist
da. Moritz bückt sich und zieht es unter
den Tannenzweigen hervor. Es liegt
tatsächlich etwas darin. Soll das etwa
ein Hund sein? Nein, es ist keiner.
Jedenfalls kein echter. Dieser Hund
ist nur gehäkelt. Aus lila Wolle. Er hat
senfgelbe Schlappohren und Augen
aus schwarzem Plastik.

Mit spitzen Fingern packt Moritz
das Scheusal am Schwanz und hält
es hoch.

Hinter ihm sagt Opa: „Nicht zu
glauben! Da ist er ja – dein Weihnachtshund!"

Moritz dreht sich um. Mama guckt ihn
neugierig an. Moritz lässt den lila Häkel-
hund hin und her baumeln.

„Das ist nicht mein Weihnachtshund",
sagt er heiser.

„Nicht?", fragt Papa plötzlich. „Na
dann – was hältst du von dem hier?"

Moritz blickt zur Tür. Da steht Papa.
Aber er ist nicht allein.

Vor ihm, ein Stück schon im Zimmer, trippelt und hüpft ein hellgraues Wuschelpaket. Ein Hund! Ein lebendiges Hündchen! Es zieht an einer roten Leine, winselt, kläfft und will zu Moritz. Und dann reißt es sich los.

Moritz fällt auf die Knie und schlingt seine Arme um den Hund. Der drückt sich an seine Brust. Die kleine flinke Zunge schleckt sein Ohr. Das kitzelt so schön. Moritz lacht. Sein Lachen klingt fast wie ein Schluchzen. Er vergisst Papa und Mama, Opa und Oma, den Tannenbaum und die anderen Geschenke. Er sieht und fühlt nur den kleinen lebendigen Hund. Den Weihnachtshund, der jetzt ihm gehört. Ihm ganz allein! Endlich blickt er auf.

„Der gehäkelte Hund war nur ein Spaß", sagt Mama.

„Mir scheint, der echte gefällt dir", sagt Papa.

„Ist er reinrassig?", fragt Opa.

„Ist er stubenrein?", fragt Oma.

„Er ist wunderbar!", sagt Moritz. „Genau so einen hab ich mir gewünscht!"

Der kleine Hund zappelt und will plötzlich nach unten. Eifrig schnüffelnd läuft er durchs Zimmer. Dann hockt er sich unter den Christbaum und macht Pipi.

„Er ist also nicht stubenrein", stellt Oma fest.

„Auch nicht reinrassig!" Papa lacht.

„Aber total süß!", ruft Moritz und holt schnell ein paar Bogen Küchenpapier. Damit beseitigt er die Pfütze.

Für den Rest des Abends ist Moritz selig. Als er ins Bett geht, nimmt er seinen kleinen Hund mit ins Kinderzimmer. Mama und Papa haben es erlaubt, nachdem Moritz hoch und heilig versprochen hat, dass der Hund im Körbchen schlafen wird.

So geschieht es dann auch. Das Körbchen steht allerdings dicht neben dem Bett. So dicht, dass Moritz nur die Hand ausstrecken muss, um das weiche Fell immer wieder zu berühren.

# Quellenverzeichnis

S. 11–19
Ingrid Uebe, *König Balthasar singt*,
aus: dies., Leselöwen-Weihnachtsgeschichten,
farbig illustriert von Alexander Bux.
© 2008 Loewe Verlag GmbH, Bindlach

S. 20–27
Elisabeth Zöller,
*Warum das Christkind später kommt*,
aus: dies., Leselöwen-Christkindgeschichten,
farbig illustriert von Julia Ginsbach.
© 2000 Loewe Verlag GmbH, Bindlach

S. 28–34
Annette Moser, *Das Advent-Picknick*,
aus: dies., Leselöwen-Adventsgeschichten,
farbig illustriert von Betina Gotzen-Beek.
© 2011 Loewe Verlag GmbH, Bindlach

S. 35–41
Ingrid Uebe, *Christrosen für Maria*,
aus: dies., Leselöwen-Weihnachtsgeschichten,
farbig illustriert von Alexander Bux.
© 2008 Loewe Verlag GmbH, Bindlach

S. 42–50
Elisabeth Zöller, *Tobys Geheimnis*,
aus: dies., Leselöwen-Christkindgeschichten,
farbig illustriert von Julia Ginsbach.
© 2000 Loewe Verlag GmbH, Bindlach

S. 51–57
Annette Moser, *Ein duftes Geschenk*,
aus: dies., Leselöwen-Adventsgeschichten,
farbig illustriert von Betina Gotzen-Beek.
© 2011 Loewe Verlag GmbH, Bindlach

S. 58–67
Ingrid Uebe, *Es ist so weit!*,
aus: dies., Leselöwen-Weihnachtsgeschichten,
farbig illustriert von Alexander Bux.
© 2008 Loewe Verlag GmbH, Bindlach

S. 68–73
Elisabeth Zöller, *Wie sieht das Christkind aus?*,
aus: dies., Leselöwen-Christkindgeschichten,
farbig illustriert von Julia Ginsbach.
© 2000 Loewe Verlag GmbH, Bindlach

S. 74–82
Ingrid Uebe, *Kling, Glöckchen, kling!*,
aus: dies., Leselöwen-Weihnachtsgeschichten,
farbig illustriert von Alexander Bux.
© 2008 Loewe Verlag GmbH, Bindlach

S. 83–91
Annette Moser, *Der Weihnachtsmarkt*,
aus: dies., Leselöwen-Adventsgeschichten,
farbig illustriert von Betina Gotzen-Beek.
© 2011 Loewe Verlag GmbH, Bindlach

S. 92–99
Ingrid Uebe, *Der Engel und der Hirtenjunge*,
aus: dies., Leselöwen-Weihnachtsgeschichten,
farbig illustriert von Alexander Bux.
© 2008 Loewe Verlag GmbH, Bindlach

S. 100–106
Elisabeth Zöller, *Das goldene Päckchen*,
aus: dies., Leselöwen-Christkindgeschichten,
farbig illustriert von Julia Ginsbach.
© 2000 Loewe Verlag GmbH, Bindlach

S. 107–113
Annette Moser, *Der Adventsdackel*,
aus: dies., Leselöwen-Adventsgeschichten,
farbig illustriert von Betina Gotzen-Beek.
© 2011 Loewe Verlag GmbH, Bindlach

S. 114–124
Manfred Mai, *Gerettet*,
aus: ders., Leselöwen-Adventsgeschichten,
farbig illustriert von Alex de Wolf.
© 1994 Loewe Verlag GmbH, Bindlach

S. 125–129
Barbara Cratzius, *Wenn ein Engel lächelt*,
aus: dies., Leselöwen-Engelgeschichten,
farbig illustriert von Ute Krause.
© 1999 Loewe Verlag GmbH, Bindlach

S. 130–138
Ingrid Uebe, *Der Weihnachtshund*,
aus: dies., Leselöwen-Weihnachtsgeschichten,
farbig illustriert von Alexander Bux.
© 2008 Loewe Verlag GmbH, Bindlach

# Lesespaß und Hörvergnügen ...

Volle Fahrt voraus ins Piratenabenteuer!
Hier tummeln sich die finstersten Gestalten
und die mutigsten Seeräuber. Da wird
jede Schatzkiste geknackt und so
manches Schiff geentert.